LE
VRAI MOT

DE LA

SITUATION PRÉSENTE

PUBLICATION

DE GEORGES PERDRIX

Prix : 75 centimes

PARIS

IMPRIMERIE BALITOUT, QUESTROY ET Cⁱᵉ

7, RUE BAILLIF, 7

1877

LE
VRAI MOT

DE LA

SITUATION PRÉSENTE

PUBLICATION

DE Georges PERDRIX

PARIS

IMPRIMERIE BALITOUT, QUESTROY ET Cⁱ

7, RUE BAILLIF, 7

1877

AVANT-PROPOS

Les idées suivantes m'ont été communiquées par un honorable ecclésiastique, et je recommande à l'attention du lecteur les détails préliminaires contenus dans cet avant-propos

Au commencement de l'année 1874, Mgr Chigi, alors Nonce à Paris, avait bien voulu adresser à Rome quelques feuilles manuscrites contenant l'exposé sommaire de ces pensées. Environ dix-huit mois après arriva une réponse où un secrétaire de la Cour romaine déclarait qu'après mûr examen on avait trouvé dans ledit exposé des points suspects ou erronés. Rien n'était spécifié d'ailleurs.

« Quoique cette missive me soit en apparence très défavorable, me disait » M. l'Abbé, j'en remercie le Saint-Siége. C'est là du moins une preuve que » Rome a pris mes affaires en considération ; et voici le nouvel horizon que » la réponse ici mentionnée m'a fait découvrir : *Au point de vue de l'exami-* » *nateur romain, son appréciation est juste et vraie ; il y a ici quelque chose qui* » *paraît blesser l'orthodoxie. Mais ce que j'espère démontrer, c'est que, par sa* » *force intrinsèque et innée, la volonté divine tend à la destruction de certaines* » *croyances positives ; en d'autres termes, cette volonté est pour nous une sublime* » *hérésie d'amour.* »

A la Nonciature, on a conseillé à notre penseur de faire un livre, s'il désire obtenir une décision définitive ; et ce conseil n'est-il pas, dans la circonstance, la simple affirmation d'un droit que garantissent et le bon sens et toutes les législations possibles ?

Voici les prémices du livre en projet. L'auteur fera connaître son nom en temps opportun ; ce nom n'est point un mystère. Mais, pour l'instant, le savant ecclésiastique a préféré me laisser toute liberté d'action ; et j'offre à la méditation des hommes sérieux la substance des idées principales de mon excellent maître. L'effet produit par cette publication et les réflexions qu'elle fera naître, aideront puissamment M. l'Abbé à faire son livre.

Ci-joint l'un des derniers encouragements que lui ont adressés plusieurs de ses confrères.

« ..... Quant à ce qui concerne la doctrine, qui est depuis longtemps
» l'objet de vos plus laborieuses méditations, nous avons admiré les aperçus
» nouveaux, je dirais presque prophétiques, qui sont comme les angles sail-
» lants d'une théologie encore à faire. Sur ces angles pourrait, je crois, se
» fixer l'avenir de nos sociétés modernes, aujourd'hui en complet désarroi...
» En un mot, ayez bon courage. Notre affectueuse estime vous est acquise.
» Pour ma part, je suis heureux de vous voir soldat du vrai progrès, prêt à
» combattre sur la brèche. Comme je sais que la belle et sainte humilité
» sacerdotale ne vous manquera pas, je me borne à vous souhaiter une
» volonté de granit contre les difficultés invisibles que la médiocrité et
» l'envie peuvent amasser sous vos pieds. »

Plusieurs notabilités protestantes, soit de France, soit d'Allemagne, ont fait pareillement à l'exposé de ces idées un accueil aussi respectueux que sympathique.

A la fin du présent ouvrage se trouvent sept propositions qui le résument tout entier.

GEORGES PERDRIX.

Paris, rue de Saintonge, 45.

Cet opuscule était déjà livré à l'impression lorsque j'ai reçu de M. l'Abbé une nouvelle lettre. J'ai préféré transcrire simplement cette lettre :

Mon bien cher Georges,

Félicitations d'abord, et puis voici tout autre chose : On me fait savoir aujourd'hui que certaines personnes auraient l'air de ne pas prendre au sérieux le conseil de la Nonciature.

Voici ce que vous pouvez vous rappeler à cet effet : 1° Son Excellence a parfaitement su que mes idées avaient été envoyées à Rome et appréciées défavorablement. On vous disait à vous-même que, si je me rendais à Rome, on m'y montrerait une pièce relative à ces affaires. 2° Monseigneur le Nonce n'a pas ignoré non plus un seul iôta de mes pensées. Son Excellence a eu entre les mains, durant plusieurs mois, et mes imprimés et mes feuilles manuscrites; c'est longtemps après la première entrevue, où le bienveillant prélat s'était renfermé dans une extrême réserve, qu'il m'a été dit : « Faites un livre sérieux. » 3° S'il y a eu chez moi réticence, c'est par rapport à cet incident. A l'arrivée de la lettre romaine, et lorsqu'elle m'a été notifiée à l'Evêché, j'ai cru, sous l'empire d'une peur très explicable, que cette lettre était définitive. *Plaisanterie!* me disait à ce sujet un Père capucin; et devant un tribunal, que je réclame au besoin, l'incident ne serait pas même discutable. 4° Pour tout connaisseur, il serait manifeste que M. le Secrétaire de l'Inquisition *a voulu ne pas me condamner.* Sa lettre n'est qu'un avis, et j'en ai profité. Mais, encore une fois, cette lettre ne préjudicie ni aux concessions de Son Excellence, ni, surtout, aux principes du droit.

En tout cas, si l'on me demande de l'écrit, je citerai cette parole de Jésus-Christ, qui est parfaitement écrite : *Demandez et vous recevrez.* Voilà le fondement de la vraie liberté de la presse. Cette liberté est de droit divin dans la société chrétienne, et, sans parler des plus hautes règles, les bienveillantes paroles de Mgr Meglia nous défendent d'appliquer jamais aux supérieurs ecclésiastiques ce que l'*Univers* affirmait récemment d'un certain ministre : « Dans sa main l'épée de la justice devient un couteau; il égorge en silence. »

Pour moi, je me trouve déjà très honoré qu'il soit venu de Rome, au sujet de mes affaires, une lettre écrite *in nomine sanctissimi, omnibus maturé perpensis.* N'est-ce pas là une preuve qu'il s'agit ici de questions sérieuses? Si jamais la Providence m'accordait l'avantage de me rencontrer avec M. le secrétaire de l'Inquisition, je pourrais cordialement lui dire :

> Vous m'avez fait, seigneur,
> En m'éreintant beaucoup d'honneur.

Ceci posé, il importe de rappeler la lettre que je recevais de M. l'Official diocésain, en date du 24 août 1872. Voici cette lettre :

Monsieur et cher Confrère,

Monseigneur me charge de vous dire qu'il ne peut vous laisser libre de publier vos pensées qu'autant que vous y aurez été autorisé par Sa Sainteté ou par Mgr le Nonce apostolique. Dans ce dernier cas, vous devrez préalablement communiquer à Sa Grandeur l'autorisation demandée.

Agréez, Monsieur et cher Confrère, mes sentiments affectueux et très distingués.

POUCLÉE, *Official.*

Y a-t-il lieu d'examiner maintenant si les paroles de Mgr le Nonce équivalent à une autorisation? Je ne le crois pas. Au besoin, je m'expliquerais plus longuement.

Quant à moi, je n'ai jamais désiré la publicité pour des raisons frivoles. Que de fois, depuis dix-huit longues années, j'ai demandé un jugement *sans publicité aucune !* Et ce jugement n'a jamais été rendu. Nul ne peut ainsi m'accuser de chercher sans motifs à exciter un vain tapage.

Veuillez, mon cher Georges, agréer mes compliments pour vous et tous ceux que vous aimez.

X. Y. Z.

Les détails contenus dans cette lettre sont d'une scrupuleuse exactitude ; et la bonne foi de l'auteur n'a jamais été suspectée par personne.

G. P.

LE VRAI MOT

DE LA SITUATION PRÉSENTE

Il n'est pas nécessaire de raisonner bien longtemps pour comprendre que les questions actuelles sont avant tout philosophiques et religieuses. En soumettant aux sévérités de l'analyse le cri : *Vive la république !* on voit que ce cri signifie par dessus tout : *Vive la protestation de l'âme humaine contre certaines croyances catholiques !* Et, comme cette protestation s'accentue de plus en plus, il arrive ainsi que la république avancée paraît avoir en elle plus de vitalité, plus d'énergie active que la république dite modérée.

Encore une fois, il y a là tout autre chose qu'un débat purement politique. Le point culminant de la question consiste à examiner si la protestation de l'âme humaine ici mise en cause est légitime, et si la révolution, expression persévérante de cette protestation humanitaire, tient aux racines de la vérité. « Non, disait M. Louis Veuillot dans *l'Univers* du 3 juillet ; cette immense révolution n'est qu'une énorme sottise. »

Je ne partage point cet avis. « Les idées humaines, d'après Lamartine, ont amené l'Europe à une de ces grandes crises organiques dont l'histoire n'a conservé qu'une ou deux dates dans sa mémoire, époque où une civilisation usée cède à une autre, où le passé ne tient plus, où l'avenir se présente aux masses avec toutes les incertitudes, toutes les obscurités de l'inconnu, époques terribles quand elles ne sont pas fécondes, maladies climatériques de l'esprit humain qui le tuent pour des siècles ou le vivifient pour une nouvelle et longue existence. La révolution française a été le tocsin du monde. Plusieurs de ses phases sont accomplies ; elle n'est pas finie : rien ne finit dans ces mouvements lents, intestins, éternels de la vie morale du genre humain ; il y a des temps de halte ; mais pendant ces haltes même, les pensées mûrissent, les forces s'accumulent et se préparent à une action nouvelle. Dans la marche des sociétés et des idées, le but n'est jamais qu'un nouveau point de départ. La révolution française, qu'on appellera plus tard la révolution européenne, car les idées prennent leur niveau comme l'eau, n'est pas seulement une révolution politique, une transformation du pouvoir, une dynastie à la place d'une autre, une république pour une monarchie ; tout cela n'est qu'accident, symptôme, instrument, moyen. »

A mes yeux, voilà un coup d'œil d'aigle ; et ce que je prétends démontrer ici, c'est que, tout en s'égarant par des soubresauts malencontreux, le mouvement actuel des esprits est en harmonie avec les pensées intimes de l'Homme-Dieu. On dirait que le Saint Rédempteur a donné un rendez-vous solennel à la grande pensée du dix-neuvième siècle, pour contracter avec elle un hymen indissoluble.

Quelques mots à ce sujet.

§ Ier

DU CARACTÈRE PROGRESSIF DE LA CIVILISATION CHRÉTIENNE.

Dès le temps des gnostiques, l'esprit humain s'était mis à rêver que le dogme traditionnel n'est pas l'expression adéquate de la vérité religieuse, et qu'au-delà de cet ancien continent, où les siècles passés ont grandi sous l'œil de l'Eglise, il y a pour l'intelligence un monde transatlantique à découvrir. Rien n'est plus vrai ; l'élément dogmatique et défini ne contient point toute la pensée du Christ ; au fond de cette divine pensée se cache un mystère ineffable d'amour, dont l'*Apocalypse* ou l'éclatante manifestation était réservée au dernier âge du monde.

Le Sauveur a insinué plus d'une fois cette vérité. *J'ai encore plusieurs choses à vous communiquer,* disait-il à ses Apôtres, *mais vous ne pourriez pas les supporter maintenant.* (Saint Jean, xvi, 12). Déjà précédemment Jésus avait assimilé ses enseignements à un levain mystérieux qui a besoin de fermenter longtemps avant l'heure marquée pour l'expansion de sa puissante efficacité. Voici d'ailleurs un fait patent, irrécusable. Il y a déjà dix-huit siècles que Dieu a révélé au monde les vérités contenues dans l'Apocalypse, et cependant ce livre est encore pour nous une énigme sacrée. L'idée divine s'y trouve réellement scellée de sept sceaux.

Faut-il s'en étonner? Dans l'ordre de la nature, Dieu se révèle au monde suivant une voie constamment progressive; et, d'après le parallélisme observé par saint Thomas, il n'en saurait être autrement, lorsqu'il est question des vérités surnaturelles. Il faut donc étendre à tous les ordres de choses ces beaux vers de Lamartine :

> Les cieux pour les mortels sont un livre entr'ouvert,
> Ligne à l'gne à leurs yeux par la nature offert,
> Chaque siècle avec peine en déchiffre une page,
> Et dit : Ici finit ce magnifique ouvrage;
> Mais sans cesse le doigt du céleste écrivain
> Tourne un feuillet de plus de ce livre divin;
> Et l'œil voit, ébloui par ces brillants mystères,
> Etinceler sans fin de nouveaux caractères.

Voilà ce qu'a très bien compris notre société moderne. Les convulsions maladives au milieu desquelles on la voit s'agiter, sont un cri d'angoisse par lequel elle dit à Dieu, comme Gœthe mourant : Ah ! de la lumière. A ces cris, à ces gémissements ineffables le dogmatisme étroit n'a fait qu'opposer sa froide réponse : Tout a été dit, tout est connu; il n'y a plus rien à espérer, rien à attendre. De là cette révolte universelle des âmes, dont nous sommes les témoins affligés; et, dans l'ordre des faits politiques et sociaux, l'insurrection aboutit au cri de : Vive la République ! Guerre à l'Église ! puisque l'Église *semble* vouloir enchaîner à tout jamais l'élan de la raison.

§ II

L'IDÉE DE DIEU.

L'idée de Dieu est la dominante d'un système de doctrines. Aussi est-ce précisément sur ce point que l'esprit moderne demande à supplanter enfin ce que l'on pourrait nommer l'esprit scolastique (1).

D'après ce dernier esprit, Dieu ressemble à un procureur général qui tient avant tout à l'observation de la loi ; ou bien, si vous l'aimez mieux, le Dieu scolastique, c'est un professeur de théologie qui ne connaît que ses cahiers. Ne lui parlez point des aspirations de l'âme humaine, des tendances universelles et du cri de la nature. Pour l'oreille du Nabis théologique, ces mots n'ont aucune valeur. Vous diriez qu'il prend au sérieux le vers de Boileau :

Abîme tout plutôt, c'est l'esprit de l'Eglise.

Le monde moderne s'est dit à l'opposé : « Mais enfin, puisque, d'après l'affirmation solennelle de Jésus-Christ, Dieu est avant tout *Notre Père,* il n'en peut être ainsi. La conservation des dogmes positifs ne saurait être le dernier objectif de la pensée divine ; car, si Dieu est père, sa pensée d'amour doit planer au-dessus des dogmes, comme l'aigle en son vol audacieux domine les espaces qui lui sont soumis. Tel est le Dieu que notre âme comprend et adore. A bas cet être malfaisant qui se joue de ses créatures comme d'un vil roseau ! »

Voilà encore une fois ce qui se cache au fond du mouvement républicain ; et ce mouvement est indestructible, parce que, malgré ses déplorables écarts, il porte dans ses flancs une vérité destinée à régner sur le monde.

Non, certes, le Dieu du christianisme n'est point l'esclave des dogmes, à la façon de ce Jupiter mythologique dont la volonté captive se trouvait amarrée à l'ancre immobile du *fatum.* Ecoutez à ce sujet le Saint Rédempteur ; il vous dira : *Si vous me demandez quelque chose en mon nom, je le ferai.* Et pour qu'on ne doute point de l'étendue de ses promesses, Jésus ajoute que, par la foi en Dieu, l'homme pourra faire des œuvres égales et même supérieures aux siennes ; il nous déclare formellement que le Très-Haut s'est engagé à exaucer nos vœux formulés avec foi,

---

(1) Ce mot ne désigne point la théologie scolastique, digne de tous nos respects. Il symbolise cet esprit étroit et mesquin qui veut limiter l'action divine.

dût-il à cet effet bouleverser les montagnes. Sublime promesse trop peu comprise. En appliquant à l'exégèse les règles vulgaires du droit, on conclut de là sur-le-champ :

1° Que pour Dieu les vérités positives sont soumises à une condition résolutoire, à savoir, le vœu de ses enfants ;

2° Que l'objectif de la pensée divine, c'est bien l'accomplissement des vœux de l'âme humaine, dût le Tout-Puissant *déboulonner* tous les dogmes.

Chose digne de remarque et de souvenir ! N.-S. Jésus-Christ a soutenu *ex professo,* comme l'on soutient une thèse, cette idée de Dieu, telle qu'on la voit ici présentée, et M. l'abbé Darras dit avec raison en parlant des Pharisiens, adversaires du Sauveur : « Le miracle est, à leurs yeux, un travail qu'ils interdiraient à Dieu lui-même, en vertu du principe sabbatique posé par Jéhovah. L'argumentation du rationalisme moderne est exactement identique. Le Créateur a donné à son œuvre des lois que les *nouveaux sophistes* prétendent désormais et pour toujours supérieures à la volonté créatrice. En sorte que l'essence divine, en créant le monde, aurait produit une œuvre plus haute que l'ouvrier, un résultat plus puissant que la cause, un effet plus grand que le principe. L'inanité de ce paralogisme dans l'ordre purement naturel où se placent les rationalistes n'est pas moins évidente que dans l'ordre de la révélation mosaïque, *où se cantonnaient les Pharisiens.* » *Pulcrhè ! Benè ! Rectè !* Mais quels sont donc ici les nouveaux sophistes ? Et pourquoi ces messieurs voudraient-ils nous cantonner, par la force, dans le cercle étroit de leurs conceptions avortées ?

Après la parole divine, après le verdict de la science, écoutons enfin la voix du cœur humain, qui se révèle dans ces vers de Lamartine. C'est la profession de foi d'un enfant :

> On dit que c'est toi qui produis
> Les fleurs, dont le jardin se pare,
> Et que sans toi, toujours avare,
> Le verger n'aurait point de fruits.
>
> Aux dons que ta bonté mesure
> Tout l'univers est convié ;
> Nul insecte n'est oublié
> A ce festin de la nature, etc.

Ce Dieu là n'a point de dogmes, ou du moins ces dogmes ne l'enchaînent pas. Son amour, comme celui du Cyclope de Théocrite, n'est pas de ceux qui se paient avec des pommes, des roses, des boucles de cheveux : il aime violemment, avec de véritables fureurs, et se soucie peu de tout ce qui n'est pas sa passion (1).

§ III

LE CAUCHEMAR DE L'AME HUMAINE.

Il serait difficile de montrer sur-le-champ la complète application de cette consolante doctrine. Ne touchons qu'un seul point ; c'est le point capital. « Toulon est là ! » dirait un Bonaparte.

L'Enfer !!! « A ce mot terrible, observe avec raison M. Auguste Nicolas, il semble que toutes les convictions que l'apologiste du christianisme était parvenu à rallier à la vérité vont lui échapper... Sur tous les autres points, on avait consenti à l'écouter au moins ; et la lumière, perçant peu à peu dans les intelligences, avait fini par leur découvrir des rapports si bien liés et un dessein si parfait dans la religion, que la divinité de la main qui l'a établie et qui la porte avait été reconnue et acceptée. Mais ici un murmure s'élève du fond des âmes et couvre sa voix. On lui retire en un instant toute la sympathie que de longs efforts lui avaient gagnée, et tout l'édifice de son apologie va disparaître dans l'abîme qu'il a eu la témérité d'entr'ouvrir. »

A mes yeux, c'est là qu'il faut chercher le secret de cette insurrection contre l'Eglise devenue de plus en plus générale. Oui, sans aucun doute, le dogme catholique est sublime, radieux, et qui plus est, fécond en vertus ; mais, quoi qu'il en soit, il implique l'enfer. A bas le dogme ! voilà je crois, dans toute sa sincérité native, le cri de l'âme humaine ; et c'est là ce qui faisait dire à Voltaire :

O Dieu qu'on méconnaît, ô Dieu que tout annonce,
Entends les derniers mots que mon âme prononce,
Si je me suis trompé, c'est en suivant ta loi,
Mon cœur peut s'égarer, mais il est plein de toi.

---

(1) Théocrite, *le Cyclope*,... ἀγεῖτο δὲ πάντα πάρεργα. Il regardait tout le reste comme un hors-d'œuvre.

> Je vois, sans m'alarmer, l'éternité paraître,
> Et je ne puis penser qu'un Dieu qui m'a fait naître,
> Qu'un Dieu qui sur mes jours versa tant de bienfaits,
> Quand mes jours sont éteints, me tourmente à jamais.
>
> (Poésie sur la *Loi naturelle,* 4ᵉ partie.)

Le voltairianisme ainsi entendu n'a rien d'éhonté, comme on le voit, et c'est bien là le fond de l'idée moderne. On a proclamé les religions indifférentes, afin de sauver tout le monde, s'il se peut. Ce que je prétends établir ici, sans tomber dans l'indifférentisme, c'est que l'idée en question a dans l'Écriture-Sainte un fondement très solide, c'est que la tradition chrétienne elle-même est quelque peu imprégnée de cet aimable poison. Procédons par articles.

Il faut sans doute admettre avec l'Église, avec tous les peuples, qu'il existe un lieu nommé l'enfer, où les damnés subissent une peine éternelle. Mais en même temps on n'a pas assez réfléchi aux points suivants, ou, pour parler plus juste, la divine Providence ne voulait pas mettre sur-le-champ ces divers points en lumière. Chaque vérité, comme chaque étoile, monte au méridien à l'heure marquée sur l'éternel cadran.

1° *Dieu peut abroger la sentence éternelle.* En effet, si l'ordre essentiel demande qu'il y ait pour les bons des récompenses privilégiées, et que le mal soit puni; si notre raison conçoit que la justice divine, comme la justice humaine, peut condamner *in æternum,* il n'en est pas moins vrai que l'éternelle durée du châtiment ne résulte point de la nécessité des choses. En d'autres termes, c'est là une loi positive. Donc, en vertu de son pouvoir absolu, Dieu peut l'abroger. Le cardinal Gousset dit à ce sujet : *Dieu ne pourrait-il pas par sa grâce changer le cœur du réprouvé, rendre ses peines méritoires et abréger son supplice? On conçoit qu'il le pourrait, si l'on ne considère que sa bonté, sa puissance et sa justice.* (Tome II, page 157.) Qu'y a-t-il à considérer de plus?

2° *Dieu veut en principe l'abrogation de la sentence éternelle.* Pour comprendre ce point, qu'on veuille bien relire la fin du chapitre cinquième de l'épître aux Romains. Saint Paul dit à plusieurs reprises : « De même que tous les hommes ont été perdus par Adam, de même ils seront sauvés par Jésus-Christ. »

L'Apôtre attribue là très clairement à la Rédemption une efficacité aussi universelle qu'au péché d'origine. Or, cela donne aussitôt à croire que l'ordre de choses actuel couve dans son sein une immense révolution d'amour. Car présentement des milliards de créatures, et surtout des milliards d'enfants, échappent à l'action de la grâce divine. Supposé que la sentence qui pèse sur les damnés demeure éternellement, le péché d'Adam aura tout englouti comme un déluge, tandis que les effets de la Rédemption demeureront à jamais resserrés dans d'étroites limites, résultat contraire, non-seulement à la pensée de saint Paul, mais aussi aux données les plus invincibles de l'âme humaine. Donc, encore une fois, l'abrogation de la sentence éternelle a été voulue en principe par Dieu lui-même.

3° On peut ajouter en troisième lieu que *la sentence éternelle a déjà été abrogée, et que la cassation définitive de cette sentence est comme radicalement accomplie.* D'après les enseignements de la foi chrétienne, le genre humain tout entier était à jamais perdu par suite de la faute d'Adam, notre premier père. Qu'est-il advenu néanmoins? C'est que, pour nous sauver, le Père des miséricordes n'a point craint *de revenir sur sa décision,* en promettant à l'homme un Sauveur; et, comme l'affirme saint Paul, ce Sauveur a fait casser l'arrêt de condamnation porté contre la race humaine; il a pacifié par le sang de sa croix tout ce qui est au ciel et sur la terre (Epître aux Coloss.). Il était ainsi réservé à l'Homme-Dieu d'opérer par la vertu de sa foi la plus étonnante et la plus prodigieuse de toutes les révolutions; c'est lui qui devait être le pacificateur universel des âmes; et il a tué dans sa personne, suivant ce que dit encore le même Apôtre, toutes les inimitiés. Rôle sublime et divin; œuvre incomparable entre toutes les œuvres! Mais supposez que l'enfer doive subsister éternellement, que deviennent aussitôt ces magnifiques affirmations? Elles perdent presque toute leur valeur, ou plutôt, disons le mot, elles ne sont plus que des phrases sonores et vides de sens.

4° *L'abrogation de la sentence éternelle arrivera nécessairement un jour; et Dieu par cette abrogation ne fera que suivre sa ligne droite au lieu de s'en écarter.* « Pourquoi, dit Buffon, les ouvrages de la nature sont-ils si parfaits? C'est que chaque ouvrage est

un tout, et qu'elle travaille sur un plan éternel dont elle ne s'e-
carte jamais ; elle prépare en silence les germes de ses produc-
tions ; elle ébauche par un art unique la forme primitive de tout
être vivant ; elle la développe, elle la perfectionne par un mouvement continu et dans un temps prescrit. » La Vérité elle-même
ne dirait pas mieux ; et il importe de bien nous rappeler ici que
l'objectif de la pensée divine n'est point la conservation des lois
positives, mais l'accomplissement des vœux et de l'idéal de notre
âme, la réalisation de ces aspirations incessantes si bien décrites
par Samuël Roger :

> Thoughts undefined, feelings without a name,
> And some, not here called forth, may slumber on,
> Till this vain pageant of a world is gone ;
> Lying too deep for things that perish here,
> Waiting for live, but in a nobler sphere.
>
> *(Voir une note à la fin.)*

Or quel est en vérité l'idéal de l'âme humaine ? C'est la destruction du mal physique et moral. Tout homme répète à jamais
dans son sens le plus absolu la prière dominicale : *Libera nos a
malo,* délivrez-nous. Donc, en vertu des lois les plus sacrées
établies par Dieu lui-même, cette suprême délivrance arrivera un
jour. Assurément ce qui a été prédit par rapport au second avé-
nement de Jésus-Christ et au jugement final doit s'accomplir ;
pas un iôta ne restera sans accomplissement. Mais la dernière
victoire restera en définitive aux vœux de l'âme humaine appuyée sur Jésus-Christ. Toute malédiction sera pour jamais
anéantie, comme dit l'Apocalypse, et la vie de l'universelle création arrachée à ce joug de la corruption qui l'oppresse sera l'ex-
tase sans mesure d'un éternel *alleluia.*

Il serait facile de montrer maintenant que, sans s'être produite
au grand jour, cette idée a déjà fait son apparition depuis bien
des siècles, même au sein de la tradition chrétienne. Qu'est donc
le Siva de la philosophie hindoue, celui qui opère le retour des
choses à l'unité par la destruction des formes diverses ? C'est
l'image de cette force résolutoire accordée par l'Homme-Dieu à
la volonté humaine, pour la consommation finale des êtres en
Dieu. Les opinions grecques et romaines et même celles du

Phédon sont trop vacillantes pour qu'il y ait lieu de s'en servir ici comme d'un appui. Mais cet appui, nous le trouverons dans les sentiments instinctifs des siècles chrétiens. Dès l'origine, « l'idée d'une réhabilitation générale et définitive de toutes les créatures, s'était formée dans beaucoup d'esprits. Marcus le gnostique, entre autres, admettait cette apocatastase ou réhabilitation dernière ; Origène paraît y avoir incliné, ainsi que saint Grégoire de Nysse et Marius Victorinus ; saint Jérôme lui-même soutint pendant quelque temps cette opinion ; mais il y renonça par la suite, comme à tout ce qu'il avait emprunté aux doctrines d'Origène. Le rationaliste Théodore de Mopsueste admit aussi ce paradoxe, et Théodoret donne au moins lieu de suspecter sa pensée sur ce point.... La tradition enseignait bien que les peines infernales ne subissent aucun adoucissement. *Toutefois,* voilà le vrai mot, *toutefois* plusieurs Pères, comme saint Chrysostome, par exemple, et saint Augustin, pensent que les peines des réprouvés peuvent être adoucies par les prières et les bonnes œuvres des vivants. Saint Augustin et Prudence, d'après lui, admettent même quelque interruption dans le supplice des damnés (1) ». Tant l'homme l'emporte sur le docteur en théologie.

Belles théories ! me diront quelques-uns ; mais elles tombent devant ce seul mot : l'Église, dont vous déclarez être l'enfant très soumis, enseigne que l'enfer doit durer éternellement... Éternellement, entendez-vous ? — J'entends fort bien, et je prie en même temps mes contradicteurs d'observer ces trois points : 1° L'Église a toujours réservé la complète liberté de l'action divine ; sa doctrine revient donc nécessairement à cette assertion : l'enfer durera éternellement, pourvu qu'il ne plaise pas à Dieu, monarque absolu, de changer cet ordre de choses. 2° Impossible de citer une définition authentique de l'Église consacrant ce qu'on nomme trop pompeusement le dogme de l'éternité des peines. 3° Dans ce Syllabus, où se trouvent condamnés différents écarts de la raison moderne, S. S. Pie IX ne dit pas un mot, pas un seul mot qui ait trait à cette affaire.

Voilà des traits significatifs. Concluons : De même que la fleur

---

(1) **Klee**, Histoire des dogmes chrétiens, article *Enfer.*

donne son fruit par la mort de ses feuilles à la fin défaillantes, de même l'œuvre finale s'accomplira par l'écrasement progressif de ces vérités multiples, qui sont un poids pour la raison. Tout se fondra dans l'immensité du divin amour, et c'est ainsi que l'on verra se réaliser cette parole de l'Apôtre : « La science, c'est-à-dire la diversité des vérités définies, sera détruite un jour, et lorsque nous serons dans l'état parfait, tout ce qui est imparfait disparaîtra. » (Ire aux Corinthiens, XIII.)

§ IV

SI L'HOMME A VOIX AU CONSEIL DES CIEUX.

De ces considérations se dégage aisément un point de vue qu'il faut bien saisir, à savoir, le rôle de la volonté humaine dans l'accomplissement de l'œuvre éternelle.

En nous prêchant avec raison la pratique des vertus chrétiennes, certains mystiques tendraient à faire croire que la volonté divine se meut dans une sphère complétement étrangère à notre activité, en sorte que l'humain effort doit consister à s'abîmer sous la direction de cette volonté absolue, comme sous les coups du canon Krupp. Jésus-Christ répond aux auteurs en question : *Vous n'avez compris ni mon Père, ni moi.* (Saint Jean, XVI, 3.)

Que la résignation, l'abandon total de nous-mêmes à la conduite d'en haut soit un point fondamental de la vraie dévotion, rien n'est plus certain ; et il y a d'ineffables jouissances pour l'âme qui comprend ce suave abandon. Voilà pourquoi le Sauveur nous a prêché cet esprit, dès son entrée dans le monde, par toute sa conduite, et lorsqu'il disait au Jardin des Oliviers : *Mon Père, que votre volonté soit faite et non la mienne.*

Mais l'on fausserait, l'on exagérerait singulièrement cette maxime évangélique, en inférant de là que l'homme n'a rien à voir, rien à prétendre dans le gouvernement divin. Dieu a choisi, au contraire, la volonté humaine comme coopératrice pour l'exécution de ses desseins éternels ; et c'est particulièrement à l'action de cette volonté souveraine que le Sauveur attache l'efficacité de ses mérites.

L'Ancien Testament est d'abord plein de cette idée que Dieu a fait alliance avec l'homme ; les Latins diraient à cette occasion : *Amicitia pares aut invenit aut facit* (1). Observez, en effet, la conduite du Très-Haut à l'égard d'Abraham, par exemple ; vous croirez voir un ami concertant ses desseins avec son ami. Dans ce drame plein d'un intérêt romanesque, la volonté divine se plaît à suivre celle de l'homme. Mêmes réflexions au sujet de l'histoire de Moïse. Et, plus tard, lorsqu'il est question du grand mystère de l'Incarnation, nous voyons l'Eternel demander par un Ange le consentement de l'humble Vierge Marie. Qu'a fait ensuite Jésus-Christ ? Venait-il détruire ce lien d'amitié entre nous et Dieu ? Nullement. Le Sauveur a tout au contraire affermi, agrandi et consacré pour toujours cette intime union. « Je ne vous appellerai plus mes serviteurs, disait-il à ses Apôtres ; mais je vous ai nommé mes amis, parce que je vous ai fait connaître tout ce que j'ai appris de mon Père. » (Saint Jean, xv, 15.) Ainsi, communications d'idées complète, amitié sans réserve, tels sont, malgré la froideur des apparences, les véritables sentiments du Père céleste et de son divin Fils à notre égard.

Ajoutez à cela que le Sauveur a principalement attaché à l'action de la volonté humaine l'efficacité de ses mérites. Chacun peut s'en convaincre ; il n'y a pas de sacrement dont la vertu divine soit aussi souvent, aussi solennellement affirmée que celle de notre foi. Jésus-Christ revient constamment sur ce point, en répétant à l'homme : « Demandez, et vous recevrez. » Point de limite à cette promesse appuyée sur la parole d'honneur du premier des gentilhommes. Elle se perd dans les abîmes de l'infini. Par ce contrat synallagmatique plutôt qu'unilatéral, le Sauveur ne nous accorde pas simplement le droit de lui demander les grâces nécessaires à notre sanctification personnelle. Il dit à l'homme, son ami : « Je ne veux point accomplir mon œuvre sans vous ; j'attends, je provoque vos demandes, pour mettre le comble à l'effusion de mes bienfaits. » Jusqu'ici vous n'avez rien demandé en mon nom ; demandez et vous recevrez, afin que votre joie soit parfaite. » (*Voir une note à la fin.*)

---

(1) L'amitié rencontre ou produit l'égalité.

Ainsi, de même que dans la justification d'un chacun, deux activités, dit le savant Mœlher, se rencontrent et se pénètrent, de même, lorsque l'œuvre éternelle sera terminée, cette œuvre apparaîtra comme étant le fruit de l'opération divine unie à l'activité humaine. Tel est encore une fois le rêve divin. Car Dieu, lui aussi, rêve encore plus qu'il ne pense. Il rêve à nous. Il rêve de nous.

Les conséquences de ces réflexions se présentent naturellement à l'esprit. Honneur, honneur à toutes les œuvres entreprises pour le bien ! Le Très-Haut bénit ces efforts, sans lesquels notre foi ne serait qu'une foi morte. Mais encore est-il que l'œuvre de Dieu, l'œuvre par excellence, dit saint Jean (vi, 29), consiste à croire par une simple intuition de l'âme en Jésus-Christ, l'envoyé divin. Et ce point de vue concorde merveilleusement avec la pensée moderne, qui conçoit le rapport entre l'homme et la divinité comme un rapport idéal dégagé des symboles et des formules positives (1).

Soit maintenant l'état actuel du monde pris comme point de départ. Qu'y a-t-il à faire, pour sortir de cet imbroglio ? Demander à Dieu la destruction de cet ordre de choses, où l'humanité gît sans consolation, sans enthousiasme, en traînant jusqu'au tombeau, dirait Bossuet, la longue chaîne de ses espérances trompées. Assurément cette demande se trouve déjà au fond de celles que l'Eglise adresse à Dieu. Mais il faut une interpellation de l'âme plus expresse, plus formelle, plus positive. En conséquence, demandons. Demandons ; et ce vœu sera pour notre Père céleste une raison d'agir. Demandons, et le jour des éternelles miséricordes ne tardera pas à briller sur notre horizon si plein d'angoisses, de tristesses et de désespoir.

§ V

CE QU'IL FAUT PENSER DE L'OPTIMISME.

Il nous sera facile de résoudre, en suivant cette voie, ce qu'on

---

(1) Il ne faut pas nier pourtant la nécessité des croyances positives. Sans cela le sentiment religieux devient une rêverie ; et le rite est nécessaire partout.

nomme en philosophie la question de l'optimisme. Mais écartons d'abord l'opinion d'après laquelle Dieu se trouverait nécessité à créer par la loi de son être, en sorte que la création serait comme le développement fatal de l'existence divine. Cette rêverie panthéistique détruit sans retour la notion de la personnalité infinie. Dieu n'est plus rien. Arrière cet athéisme déguisé!

L'optimisme proprement dit a compté deux principaux défenseurs : Leibnitz et Mallebranche. En élaguant ce qu'il y a de faux dans le système de ces deux grands hommes, je veux m'abriter avec un indicible plaisir sous le manteau de leur immortel génie. Quand le génie se trompe, ses erreurs elles-mêmes pourraient-elles ne pas contenir le précieux minerais de la vérité?

D'après Leibnitz, Dieu est libre de créer; mais supposé qu'il crée, l'Être infini doit, en vertu de sa perfection essentielle, réaliser le meilleur des mondes possibles. Sinon, dit notre bien-aimé philosophe, la raison découvrirait dans l'œuvre divine un défaut de sagesse ou d'amour. — On critique à bon droit ces affirmations. L'esprit humain ne conçoit même pas l'idée du meilleur monde possible. Quelles que soient les perfections de cette Atlantide imaginaire, on pourra toujours y ajouter quelque chose. Si donc Dieu n'était en droit que de réaliser le dernier des possibles, éternellement Dieu aurait les mains liées, et ce serait un inconvénient, d'après le bon saint Thomas. Autant vaudrait soutenir qu'il était interdit au Créateur de donner à l'homme une taille de cinq pieds, parce qu'on peut concevoir cette taille plus grande et grandissant toujours. Disons mieux : dès lors qu'il crée, le Père des choses doit, sans aucun doute, diriger ses créatures vers une fin convenable et leur donner les moyens d'arriver à cette fin; mais, pourvu que ces conditions se trouvent remplies, il dépend absolument de la volonté divine d'étendre ou de limiter son action. Telle est la leçon de philosophie contenue dans bien des passages de la Sainte-Écriture, comme elle est écrite au frontispice du temple de la raison.

L'école repousse de même, et pour des raisons analogues, les conceptions de Mallebranche. Au dire de ce savant, Dieu, s'il agit, doit agir en Dieu et procurer sa gloire d'une manière aussi infinie que possible; d'où le célèbre oratorien conclut que l'Incarnation d'une personne divine était nécessaire dans l'hypothèse de la création. Douce et charmante erreur ! Elle a vraiment les allures de la vérité :

Et vera incessu patuit Dea.

Mais c'est trop dire. Il y a là quelque chose de faux. Toute glorification extérieure est en principe (1) un simple incident pour l'Etre infini, et l'on ne saurait prétendre que Dieu n'était pas libre de choisir, par exemple, a^2 monôme déterminant la mesure de sa gloire adventice, parce qu'on peut supposer dans l'espèce a^3, a^4, etc., en augmentant ainsi l'exposant de la lettre sacrée, suivant une progression indéfinie. Il faut nécessairement en revenir à ce mot de saint Augustin : *Tota ratio facti est voluntas facientis* (2).

Après ces légitimes critiques, hâtons-nous d'ajouter que, si les systèmes ici proposés péchent, au point de vue des principes, ils n'en contiennent pas moins un véritable fond de convenance et de raison. Il semble en effet souverainement convenable que l'Être infiniment bon se communique d'une manière aussi infinie que possible, puisque cette communication ne l'appauvrit point et qu'elle est conforme à sa nature expansive : *Bonum est ratione sui effusivum,* c'est un mot de saint Thomas: Quoi qu'il en soit, et voilà le point à inculquer ici ; après avoir choisi l'ordre de choses actuel par un effet de sa libre volonté, Dieu s'est fait librement optimiste, en ce sens qu'il veut nous communiquer par Jésus-Christ, son fils, tous ses trésors. Le Dieu des Dieux, le Seigneur des Seigneurs nous répète à jamais : *Jusqu'ici vous n'avez rien demandé en mon nom ; demandez et vous recevrez, afin que votre joie soit parfaite.*

Savez-vous pourquoi je suis heureux ? disait notre bon roi Charles V. C'est parce que j'ai le pouvoir de faire le bien. Tel est le système divin, le Très-Haut n'en a pas d'autre, et le paragraphe suivant va nous montrer que Dieu veut réellement agir

---

(1) Je dis, *en principe,* et Pascal, je crois, applique ce principe à Archimède, à Jésus-Christ, à tous les génies. Mais, *en fait,* Dieu tient à la gloire qui lui vient de nous. Cette gloire n'est pas un incident pour l'Etre incréé.

(2) La raison du fait est tout entière dans la volonté de l'agent.

on Dieu, en dépassant dans l'exercice de sa bonté miséricordieuse la mesure du possible et de l'imaginable.

§ VI

OU IL EST QUESTION D'UN HÉRITIER PRÉSOMPTIF.

Je ne me dissimule pas que, par suite de ce paragraphe, on verra en moi un homme peu sérieux, un homme d'imagination. Je m'imagine ·en effet plusieurs choses : 1° Je m'imagine que Jésus-Christ est le fils de Dieu, c'est-à-dire de Celui qui a créé le ciel et la terre. 2° Je m'imagine que Jésus-Christ dit à l'homme de la façon la plus absolue qui se puisse concevoir : « Si vous me demandez quelque chose en mon nom, je le ferai. 3° Je m'imagine, enfin, qu'en parlant ainsi, Jésus-Christ a contracté envers nous une obligation infinie comme sa puissance ; et par cela même qu'elle est infinie, cette obligation est indivisible, au sens de l'article 1217 du Code civil; car l'infini *n'est pas susceptible de division, soit matérielle, soit intellectuelle.* Voici maintenant les conséquences qui me semblent contenues dans ces prémisses. Si je me trompe, ô Dieu d'amour, vous le savez, je·condamne à l'avance mon illusion. Mais vous ne me demandez point, je pense, tant de serments ou de serrements d'humilité. Mieux vaut dilater mon âme, et m'envoler vers vous, en disant :

> J'ai rompu le dernier lien,
> Qui me rattachait à la terre ;
> Sur mon navire aérien
> Je m'élance dans l'atmosphère.

L'idée du bonheur universel (1), telle qu'on la trouve exposée plus haut, est sans doute glorieuse pour le Tout-Puissant; cette idée donne une satisfaction déjà suffisante aux aspirations de l'âme humaine. Toutefois, il est facile de le comprendre, si l'on restreignait à ces termes généraux la conception du but divin, l'Être

---

(1) Notez que cette idée n'exclut point la distinction entre les élus et les non élus. Ruiner cette distinction, ce serait ébranler toute morale. D'autres explications suivront à ce sujet.

infini ne ferait que rencontrer notre esprit à un point donné de l'espace intelligible, comme les deux côtés d'un angle se joignent à leur sommet. Or l'homme, être chétif, conçoit avec Isaïe que les pensées du Très-Haut doivent infiniment dépasser les siennes (LV, 9). Sinon, dans sa juste indifférence, il refuserait de crier : *Deus, Deus ille, Menalca!* Donc il ne suffit pas, en principe, que le mal disparaisse de la création, et qu'il soit donné satisfaction aux vœux populaires, comme on écrit en style administratif. Tout cela est encore de la prose pour un Dieu qui veut dépenser en notre faveur et son génie et son amour. L'homme a le don d'aimer jusqu'à la folie ; par là même le sceau ineffaçable des pensées de l'amour incréé doit être l'élan vertigineux du rêve, l'âme du délire, la déraison, l'impossibile. Voyez aussi les distances établies par le Créateur dans l'immense éther. Elles dépassent, elles effrayent l'imagination. Signe certain que, dans l'ordre de la grâce, le but divin fuit également loin de nos regards, au-delà de tous les horizons visuels, comme on voit ces étoiles à l'insaisissable parallaxe défier par un éternel sourire les efforts et l'ambition de nos télescopes. Saint Jean va nous instruire sur ce point.

Que la promesse de Jésus-Christ relative à la mission de l'Esprit-Saint ait été accomplie au jour de la Pentecôte, rien n'est plus certain. Toutefois, en examinant de près les choses, on découvre là un accomplissement purement initial. C'étaient de simples arrhes données à l'Église.

1° Observez à cet effet que le divin Rédempteur a pris ici le ton du prophète avec toute la solennité possible et dans la circonstance la plus solennelle de sa vie. D'où l'on peut inférer déjà comme très probable que la vue principale de l'Homme-Dieu ne se portait pas sur un fait intérieur et mystique, dont l'accomplissement devait avoir lieu quelques semaines après. Telle n'est point l'allure de Celui qui franchit d'un pas l'étendue des cieux. Il dit : Je ferai ; puis un long intervalle de temps s'écoule d'ordinaire entre sa promesse et l'exécution ; l'horloge de Jéhovah marque les siècles ; pour lui mille ans ne sont pas un jour.

2° En outre, dans le discours de la Cène ici mentionné, le Sauveur annonçait que le Saint-Esprit instruirait les hommes touchant les secrets de l'avenir, — qu'il leur enseignerait toutes choses, — qu'il convaincrait le monde touchant le péché, touchant la justice et touchant le jugement, — et qu'enfin ce divin Esprit recevrait tout de Jésus-Christ, comme Jésus-Christ lui-même reçoit tout de son Père céleste. Or, ces magnifiques promesses semblent encore faire présager autre chose que la descente intérieure du Saint-Esprit dans ces âmes : et l'on ne voit point que de telles merveilles aient été pleinement réalisées, le jour de la Pentecôte. Qu'est-ce que les Apôtres nous ont appris touchant les choses futures? Rien de plus que ce que Jésus-Christ avait dit le premier. L'avenir est demeuré couvert d'un voile épais, comme ces statues que l'on dérobe aux regards de la foule, jusqu'à l'heure marquée pour leur solennelle inauguration. Puis enfin, sans entrer ici dans maint autre détail, je demande comment l'on pourrait soutenir que l'Esprit-Saint a déjà tout reçu de Jésus-Christ. Ce point est à développer.

3° Le Sauveur avait formulé ainsi son engagement : *Tout ce qui appartient à mon Père est à moi ; voilà pourquoi j'ai dit que l'Esprit consolateur recevrait de moi.* En expliquant ces paroles d'après les règles ordinaires du droit, un jurisconsulte y verrait certainement l'annonce d'une cession universelle de tous biens que le Fils de Dieu veut faire à l'Esprit-Saint ; et cette explication est d'autant plus acceptable, qu'elle se trouve en parfaite harmonie avec les données les plus hautes de la théologie chrétienne. D'après ces données, la vie divine *ad intra* consiste en deux actes parfaitement égaux, savoir : la génération éternelle du Verbe et la procession du Saint-Esprit. En procédant du Père et du Fils, l'Esprit-Saint reçoit éternellement du Fils de Dieu ce que ce Fils unique tient de son Père ; et, d'après les enseignements de saint Paul, les opérations extérieures du Tout-Puissant sont un simple reflet des faits invisibles. D'où il est permis d'affirmer que le grand fait de l'Incarnation aura pour corrélatif une procession du Saint-Esprit dans le temps équivalente à l'Incarnation elle-même. L'Esprit-Saint héritera ainsi des promesses faites à Jésus-Christ, qui lui cédera ses droits, comme un aîné se désiste en faveur de son cadet ; et, puisque rien de semblable ne s'est vu jusqu'ici, concluons que la promesse divine n'est pas épuisée.

4° Cette considération aide en même temps à comprendre une autre parole du Sauveur relative à la mission de l'Esprit-Saint : *Il me glorifiera, parce qu'il recevra tout de moi.* Qu'est-ce à dire ? Le voici, autant qu'il m'est permis de le concevoir, en soumettant toujours ma pensée au jugement de la Sainte Église.

Quoique le fait de la Rédemption domine déjà, en un sens très vrai, les mille accidents de l'histoire humaine, il ne s'en détache pas encore au point de les effacer, comme il conviendrait à l'œuvre divine d'écraser l'effort des mortels, comme le soleil, par exemple, fait pâlir, à son aspect, les astres dispersés et confus. Depuis Jésus-Christ comme avant Jésus-Christ, la guerre aux entrailles d'airain ne déchire-t-elle pas les flancs de la race humaine ? L'esprit de l'homme est-il assis dans la ferme possession de toute vérité ? Non, certes. Voici en outre une réalité palpable : à côté de la société chrétienne, scindée en plusieurs fractions qui semblent irréductibles, le mahométisme vit toujours, et le culte de Bouddha se perpétue en comptant ses initiés par centaines de millions. S'il est vrai, d'autre part, que le catholicisme traditionnel ait dans son sein un principe indestructible de durée, on ne sent point en lui assez de force pour qu'il puisse triompher des résistances de la grande raison européenne et du fétichisme bercé par les rêves de l'antique Orient (1). C'est pourquoi Lamartine s'est écrié en parlant du Christ, dont il venait de proclamer la divinité :

> Ils disent cependant que cet astre se voile,
> Que les clartés du siècle ont vaincu cette étoile,
> Que ce monde vieilli n'a plus besoin de toi,
> Que la raison est seule immortelle et divine,
> Que la rouille du temps a rongé sa doctrine,
> Et que de jour en jour de son temple en ruine
> Quelque pierre en tombant déracine ta foi.

Tels sont les faits. Et la raison en est que Jésus-Christ a voulu ne faire par lui-même qu'une œuvre inachevée, en réservant à l'Esprit-Saint la gloire de parfaire cette œuvre et de mettre en action les mérites infinis du Sauveur, comme on voit l'astre du jour féconder par sa présence la lumière épandue à travers les

----

(1) Un savant voyageur, arrivé de la Chine, vient de me confirmer ces détails.

plaines de l'espace. Voilà comment l'Esprit-Saint glorifiera Jésus-Christ, et il sera lui-même le plus beau fleuron de la couronne de notre Rédempteur, en réfétant ses perfections infinies, sa bonté sans mesure.

Reste à savoir maintenant de quelle façon l'Esprit divin doit opérer ces merveilles. Pour élucider la question, passons au livre de l'Apocalypse. Là saint Jean nous montre un mystérieux personnage tout radieux de gloire. Cet être surnaturel tient dans sa main sept étoiles ; de sa bouche sort une épée à deux tranchants ; et son visage est brillant comme le soleil dans sa force. Quel est ce Dieu inconnu ? — C'est Jésus-Christ dans sa gloire, nous disent les interprètes ; et je n'en disconviens pas. Mais puisque le Sauveur veut être glorifié en cédant tout à l'Esprit-Saint, qui ne se sent aussitôt porté à dire : Le personnage de l'Apocalypse, c'est l'Esprit-Saint revêtu de la gloire de Jésus-Christ ? Cette conclusion arrive d'elle-même, sans effort violent, comme les résultats voulus par la nature.

Une autre considération viendra corroborer ces arguments. Le jour où Jésus-Christ nous disait : *Si vous me demandez quelque chose en mon nom, je le ferai*, ce jour-là, sachons-le bien, le Saint Rédempteur cédait à l'homme l'empire du monde, puisqu'il contractait envers la volonté humaine une obligation de faire illimitée. L'Esprit-Saint ne peut ainsi devenir l'héritier des promesses, à la place de Jésus-Christ, qu'en se faisant homme. Jésus a confondu l'homme et ce divin esprit dans les embrassements de son éternel amour. Il les a unis. Il les a identifiés. Donc, suivant toute probabilité, le mystérieux personnage de l'Apocalypse est l'Esprit-Saint devenu homme (1).

Que nous prêchez-vous là ? me dira-t-on. Verrons-nous une nouvelle Incarnation ? Nullement. Dans l'ordre des faits invisibles, la procession du Saint-Esprit diffère essentiellement de la génération du Verbe ; et il en sera de même du mode suivant lequel l'Esprit-Saint doit descendre jusqu'à nous. Jésus-Christ

____

(1) Dans la première épître de saint Pierre, il est dit que les anges désirent contempler l'Esprit-Saint, *in quem desiderant angeli prospicere*. L'Esprit-Saint n'est donc pas encore tel qu'on le verra plus tard.

insinue cette voie providentielle au discours de la Cène, en disant : *Si quelqu'un m'aime, il gardera ma parole ; et mon Père l'aimera ; nous viendrons en lui, et nous y établirons notre demeure.* En un sens très-vrai, cette promesse s'accomplit à l'égard de tous les élus par l'infusion de la grâce sanctifiante. Mais, ce n'est là qu'un fait *vulgaire,* si l'on peut employer une telle expression, pour caractériser un effet surnaturel. Aux yeux de la raison chrétienne, il y a là bien plus encore. Puisque le Sauveur n'a mis aucune borne à sa volonté d'amour pour l'application de ses mérites, la promesse relative à la mission de l'Esprit-Saint est par là même illimitée, *non ad mensuram dat Deus spiritum* (S. Jean, III, 24) ; et si cette promesse est illimitée, elle contient, non pas seulement tel ou tel degré d'union à Dieu, mais l'union hypostatique, la grâce essentielle, Dieu lui-même.

Voici une comparaison basée sur les principes énoncés plus haut. Titius possède une somme de cent millions ; et cette somme ne peut être épuisée que par le don intégral, indivisible du trésor en question. Si Titius a déclaré vouloir donner tout son bien, sa promesse évidemment ne saurait être accomplie que par la cession de sa fortune complète. Il aurait beau distribuer cent francs à l'un, mille à l'autre, tout cela serait pure bagatelle. Or, observons maintenant ces deux points : 1° Jésus-Christ possède la dite somme, c'est-à-dire l'infini en mérites ; 2° Jésus-Christ veut tout donner. Donc il résultera de ces dispositions, non pas seulement des millions et des milliards d'élus, mais un élu par excellence, égal à Jésus-Christ, Dieu comme lui (1). Voilà le vrai Jacob, qui supplantera le divin Esaü par les mérites, grâce à l'amour de son aîné. Salut à ce désiré des collines éternelles !

Si de tels raisonnements ne semblent pas encore péremptoires, libre à chacun de les compléter ainsi : dans l'ordre actuel des choses, ainsi que nous l'avons vu, le Créateur n'a point limité ni restreint l'étendue de son action souveraine. Pour le génie de l'homme appuyé sur la foi, il n'y a ni colonnes d'Hercule, ni bar-

---

(1) Pourquoi ne concluez-vous que tous les élus deviendront Dieu, et que la grâce est infinie pour tous ? peut-on me dire. — Réponse : Ce serait là le panthéisme et la destruction de toute moralité.

rière transatlantique, ni système planétaire d'aucune sorte. L'infini, voilà sa carrière, comme Dieu est son levier. Nous pouvons ainsi demander au Tout-Puissant non-seulement l'accomplissement des prédictions claires et certaines, mais encore tout ce qu'il lui est possible d'accomplir et de réaliser par les mérites du Saint Rédempteur. Or, en supposant que les développements ci-dessus exposés n'annoncent pas d'une façon positive et formelle l'union future de l'Esprit-Saint avec la nature humaine, ces données surnaturelles nous montrent du moins ledit mystère comme possible, comme probable, et comme merveilleusement conforme aux intentions du magnanime Jésus. Donc nous sommes par là-même autorisés à demander la réalisation de cet ineffable prodige ; et, si nous demandons avec foi, l'effet s'en suivra. Rien de plus positif. (*Voir une note à la fin.*)

Reste un dernier point à éclaircir. On peut me faire cette question : Quand donc s'accomplira cette étrange nouveauté? Verrons-nous une seconde fois Dieu sur la terre? — Je réponds : Quoique l'Ecriture semble bien le dire, on ne doit rien affirmer sur ce point. Dieu, comme toujours, n'a laissé paraître à nos yeux qu'un seul coin de son manteau d'écarlate, dans les plis duquel se joue le divin Esprit; sa pensée flotte à l'horizon des intelligences, comme bercée dans un nuage d'azur. L'Esprit-Saint, en effet, peut agir encore, comme il l'a fait jusqu'ici, par le ministère des hommes, en se réservant de s'unir à jamais dans la vie future à celui qu'il jugera digne de ses prédilections. Mais le vœu des chrétiens fidéles est très puissant en pareil cas, et c'est surtout à la prière commune, au suffrage universel des âmes que Jésus-Christ a dit : *Celui qui croit en moi fera les œuvres que je fais, et de plus grandes encore.* On y pense trop peu.

Première objection. — L'un de mes bien-aimés confrères me disait un jour à ce sujet : Puisque, d'après vous, ce nouvel Homme-Dieu doit d'abord exister comme simple mortel, ce mortel, quel qu'il soit, aura eu tout au moins le péché d'origine. Comment concevoir, après cela, qu'il puisse devenir Dieu? Cette objection est grave, j'en conviens, et j'y réponds en disant simplement que notre Père céleste peut ce qu'il veut; il saura bien préparer un trône digne de son éternel amour. Pour nous, demandons avec foi, et laissons agir la Providence. Rien n'est plus simple.

Deuxième objection. — Peu nous importe après tout, ont répliqué certains autres. Si ce nouvel Homme-Dieu paraît, et qu'il appuie sa divinité sur des preuves suffisantes, nous la reconnaîtrons. En attendant, pourquoi s'en préoccuper? A mes yeux, c'est mal comprendre les choses que de parler ainsi. Cette substitution de l'Esprit-Saint à Jésus-Christ en qualité de monarque suprême n'aura pas lieu uniquement en faveur d'un élu quelconque. Autant que je puis concevoir les voies d'en haut, chacun *des élus* deviendra, en union avec le divin Paraclet, l'héritier des éternelles préférences du Père céleste. Mais cette glorification suprême d'un chacun est attachée à celle du Saint-Esprit. Il y a donc lieu pour tous de s'intéresser à l'accomplissement d'un mystère final, qui doit être le couronnement de nos immortelles destinées.

Détails complémentaires. — Ici, du reste, en perfectionnant la nature, la grâce n'a fait, comme toujours, que s'emparer de certaines données préexistantes au fond de l'âme humaine. Qu'est-ce d'abord que [ces tendances vers l'infini signalées en nous par la psychologie? Une première ébauche de la folie divine. L'histoire aussi nous l'apprend, et par les métamorphoses de la fable, et par les apothéoses usitées sous les empereurs romains ; de tout temps, l'on a cru que l'homme pourrait devenir Dieu. Telle était surtout la croyance de Jésus-Christ lui-même, lorsqu'il a dit : *Si vous me demandez quelque chose en mon nom, je le ferai.* Supposez un instant que cette promesse ne doive pas aboutir à diviniser l'homme, ce dernier, tout en restant un être fini, contingent, serait investi d'un pouvoir absolu. De là une criante anomalie, et l'Éternel penseur ne fait pas de ces bévues-là.

Parlons enfin des faits actuels. Eux aussi n'ont-ils pas leur pensée, leur voix, leur délire? Aujourd'hui, plus que jamais, l'âme humaine demande et rêve une autre ordre de choses, et plutôt que de se laisser amarrer au rivage du passé, elle aimerait mieux s'élancer, même sans boussole, à travers les périls et les mers inconnues de l'avenir. De là cette immense fermentation des âmes, dont nous sommes les témoins, et comme, d'après la juste observation de M. Guizot (1), les aspirations populaires ne fructifient qu'autant que quelque grande âme s'en fait l'organe et l'agent, il est facile de voir comment le mouvement actuel des esprits répond au besoin d'un changement dans l'ordre surnaturel, à l'avènement d'une nouvelle personne divine au trône de l'éternité.

Plusieurs poëtes modernes semblent avoir eu quelque soupçon vague de cette révolution finale. C'est ainsi que Lamartine disait :

> Je venais de quitter la terre dont le bruit
> Loin, bien loin sur les flots vous tourmente et vous suit,
> Cette Europe où tout croule, où tout craque, où tout lutte,
> Où de quelque débris chaque heure attend la chute,
> Où deux esprits, divers dans d'éternels combats
> Se lancent temple et lois, trône et mœurs en éclats,
> *Et font, en nivelant le sol qui les dévore,*
> *Place à l'Esprit de Dieu qu'ils ne voient pas encore.*

Voici maintenant quelques autres vers extraits d'un recueil (2) qu'on a bien voulu m'adresser de Paris, le 29 septembre dernier. Hommage et remerciements à l'auteur de cet envoi ! Laissant de côté l'hémistiche et la césure, je m'attache avec bonheur à cette pensée, qui est aussi mienne.

> Comme au déclin de Zeus, nos âmes altérées
> Réclament un breuvage au suc rajeunissant,
> Qui ranime dans leurs profondeurs égarées
> La sève adolescente et la fierté du sang.
>
> Et pourtant un espoir veille dans quelques âmes.
> Des souffles confiants ont glissé sur la mer ;
> Parfois le firmament se sillonne de flammes,
> Des rumeurs d'infini se prolongent dans l'air.
>
> Et le regard rêveur des poëtes contemple
> Lentement, à l'abri du doute insidieux
> Inscrits au fond du cœur, mieux qu'au fronton d'un temple,
> Ces deux mots du passé (3) qui réclamaient des Dieux.

---

(4) Observation relative aux croisades et extraite de l'*Histoire de France* racontée à mes petits enfants.

(2) *Revue des poëtes et des auteurs dramatiques*, 13, rue de Médicis.

(3) Allusion à ces mots : *Ignoto Deo.*

Viendras-tu, Désiré de la terre vieillie,
O toi, suprême espoir des plus désespérés,
Ouvrir comme l'enfant prédit par Isaïe
Tout l'immense avenir à nos rêves murés ?

Les faibles baigneraient leurs yeux dans la lumière,
Les forts se courberaient non moins que le roseau,
Et tout se rangerait à sa beauté premiére,
Et l'homme chanterait plus léger que l'oiseau,

Si tu daignais, Sauveur, qui dans l'ombre te voiles,
Prenant pitié des cœurs où t'attend un autel,
Vers nos longues douleurs descendre des étoiles,
O Rédempteur tardif, ô dernier-né du ciel !

EMMANUEL DES ESSARTS.

Il y a certainement de l'âme, il y a de la vie dans ces strophes. Joignons surtout nos vœux à ceux du jeune poëte, pour hâter la venue de Celui qui a dit : *Ecce nova facio omnia.* Je veux faire une révolution. (Apoc. XXI, 5).

§ VII

CONCLUSION.

En terminant, je m'écrie, en union d'âme et de cœur avec l'auguste chef de l'Eglise : O Marie, conçue sans péché, priez pour nous, qui avons recours à vous !

RÉSUMÉ

1° La théologie classique laisse trop croire que la vérité chrétienne a brillé sur le monde comme d'un seul jet. Quoique le fond de la croyance catholique ait toujours été le même, chacun de nos dogmes a eu son développement, et il y a dans l'Ecriture des vérités qui ne devaient briller que dans la suite des temps.

2° L'amour de Dieu, principe des opérations *ad extrà*, n'est pas seulement un amour conforme à la loi, mais un miracle d'amour au-dessus de toute loi, et qui tend à la violation des lois positives, pour arriver à son but suprême. — En d'autres termes, l'objectif de la volonté divine, c'est l'accomplissement des vœux de l'âme humaine par Jésus-Christ, dùt le dogme en souffrir.

2° La sentence éternelle, qui pèse sur les réprouvés, est déjà cassée en principe : elle le sera un jour en fait, et le mal sera complétement détruit dans la création. Mais il y aura toujours une distinction radicale entre les élus et les non-élus.

4° L'action de la volonté humaine entre comme un élément intégrant dans l'accomplissement de l'œuvre divine ; et c'est à l'action de cette volonté souveraine que Jésus-Christ a principalement attaché l'efficacité de ses mérites.

5° Dieu a choisi l'ordre actuel des choses par un effet de sa volonté libre, et dans cet ordre de choses, Dieu s'est fait librement optimiste, en ce sens qu'il veut épancher sur nous par Jésus-Christ tous ses trésors infinis.

6° Jésus-Christ, le fils de Dieu, cèdera un jour l'empire du monde et tous ses droits à Dieu le Saint-Esprit, lequel deviendra homme par l'élévation de quelqu'un d'entre les élus à l'union hypostatique. C'est là du moins un mystère, dont nous pouvons demander l'accomplissement par les mérites du Sauveur ; et nous devons le faire, pour épuiser ces mérites.

7° Ma dernière pensée, comme on l'a vu, est une prière à l'Auguste Vierge. Puisse-t-elle faire triompher la vérité ! C'est mon unique désir.

A part ce qui concerne le droit de me défendre juridiquement devant un tribunal ecclésiastique, je déclare que je suis tout prêt à soumettre au Saint-Siége le manuscrit dont cet opuscule offre seulement les points principaux. Mais, pour que je pusse recevoir utilement à Rome une simple leçon de théologie, il importerait, je crois, que les bases préliminaires de cette leçon fussent bien arrêtées; et c'est là précisément l'affaire en litige. Voici à ce sujet quelques détails intéressants :

1° L'an dernier, j'eus l'insigne honneur de voir à Paris un savant religieux, à qui j'exposai mes douze idées fondamentales. *Onze d'entre ces idées* parurent acceptables au Revérend Père. Il n'y eut guère entre nous de discussion que sur la portée de la fin du cinquième chapitre de l'épître aux Romains. Là saint Paul dit à plusieurs reprises : *De même que tous les hommes ont été perdus par Adam, de même ils seront tous sauvés par Jésus-Christ.* Le sens que j'attribue à ces paroles semblait exagéré. Quant à moi, sans une décision formelle de l'Eglise, je ne puis me départir de mon sentiment. Si l'apôtre avait voulu nous enseigner que les effets de la Rédemption seront, *par le fait,* aussi universels et même plus abondants que ceux du péché originel, aurait-il pu dire des choses plus expressives? Certes les théologiens en admettent d'autres qui sont beaucoup moins prouvées : d'après les règles ordinaires du droit, l'on arrive nécessairement à mes conclusions, Que s'il résulte de là une quasi-hérésie, c'est, comme il a été dit plus haut, que la volonté divine est pour nous une sublime hérésie d'amour.

2° Une charitable dame a exposé mes affaires à d'autres Pères Dominicains; et ces savants ont répondu : *Ce Monsieur est dans le vrai; qu'il prenne bien garde, le chemin est périlleux.* Je comprends ces craintes, et je n'aurai jamais l'audace d'avancer, ni même de penser qu'aucune de mes affirmations n'a besoin d'être modifiée. Mais ici encore le point essentiel à envisager, c'est la force résolutoire accordée par Dieu à la volonté humaine.

3° Il n'y a pas longtemps, une religieuse me disait : « Sans connaître un seul mot de vos idées, je serais bien surprise que vous eussiez tort; ce que vous nous dites, soit en chaire, soit ailleurs, est si clair, si pratique, si édifiant qu'il est difficile de penser que votre esprit s'égare complétement. L'autre jour, un grand-vicaire me parlait de vous, et je lui ai répondu : Les sermons de M. l'abbé sont ceux d'un saint. »

Hommage à la charité de celle qui a tenu un pareil langage. Je demande en outre à toutes les âmes vraiment pieuses une de leurs ferventes prières, afin de pouvoir ressembler aux saints autrement que par mes sermons. Pour vous, ô Jésus, Dieu de la vérité, vous savez que je vous cherche uniquement. Sans vous tout ne m'est rien.

ANNOTATIONS

Page 15 :

Pensers indéfinis, sentiments sans nom, quelques-uns ne sont pas appelés à la lumière du jour; ils sommeillent jusqu'à ce que la scène trompeuse de ce monde se soit évanouie. Ils reposent ensevelis à des profondeurs où ne peuvent les atteindre les choses périssables d'ici-bas; ils attendent le moment de paraître, mais dans une sphère meilleure.

Page 18 :

Pour bien comprendre le rôle de la volonté humaine dans l'accomplissement de l'œuvre divine, il faut se reporter aux considérations suivantes : 1° En Dieu, ce qui caractérise l'Esprit-Saint, c'est la spiration passive, disent les théologiens ; et cette relation complète l'existence de l'adorable Trinité. 2° Dans les opérations *ad extrà*, l'homme joue, comme nous l'avons vu, le rôle de l'Esprit divin ; et c'est ainsi que le *peto*, le *fiat* humain est destiné à compléter l'œuvre éternelle. 3° Ainsi, lorsqu'on dit que Jésus-Christ a fait casser l'arrêt de condamnation porté contre nous, qu'il a brisé les portes d'airain, etc., il faut croire à l'accomplissement *in radice* de ces grands mystères ; mais ils ne seront accomplis en fait que sur notre demande.

Voilà comment le *Petite et accipietis* n'est pas un simple incident.

———————

Page 28 :

Non-seulement nous pouvons, mais nous devons demander cette grâce infinie. Jésus-Christ l'a dit : Pas un iôta, pas un seul point de la loi ne passera sans être accompli. La société chrétienne ne saurait donc arriver au terme de ses destinées sans que nous nous appliquions, avec le secours de la grâce divine, à épuiser par nos demandes l'amour infini.

DERNIÈRE ANNOTATION

Au lieu de citer d'autres témoignages, j'aime mieux préciser ici l'état de la question. Le voici :

1° D'après l'opinion dominante dans le clergé, la vérité absolue, c'est l'ensemble des dogmes et des croyances catholiques, en sorte qu'il n'y a pas un mot à ajouter ni à retrancher à cet ensemble. Or, m'a-t-on dit, vous y retranchez, vous y ajoutez. Donc, vous êtes dans le faux.

2° Je réponds que, si l'Eglise s'en était tenue à ce principe, les dogmes eux-mêmes n'auraient pas été définis comme ils le sont aujourd'hui. Voyez l'Immaculée Conception, par exemple. Au Moyen-Age, ce mystère paraissait une nouveauté à saint Bernard; saint Thomas n'y croyait pas, etc. En un mot, les principes ici exposés se trouvent contenus en germe dans la définition doctrinale de 1854.

3° Son Excellence me disait : Faites un livre *sérieux*. Cette recommandation vient, je crois, de ce qu'il y avait des vers dans mon exposé. Les supérieurs ecclésiastiques considèrent avant tout comme sérieux l'ensemble des traditions sacrées, les règles, les homélies des Pères, le Bullaire romain, etc. A mes yeux aussi, ce sont là des choses sérieuses. Mais je crois qu'il y a pour Dieu quelque chose de plus sérieux et d'uniquement sérieux, c'est l'idéal de notre âme appuyée sur Jésus-Christ. Par là même, tout dogme, tout principe, tout précepte contraire à cet idéal est révoqué en principe, et doit l'être un jour en fait.

4° Cette pensée semble un défi jeté aux théologiens. D'après moi, au contraire, elle fera revivre leur science, aujourd'hui condamnée aux gémonies de l'oubli. — O Reine de la vérité, donnez-nous des yeux pour voir, des oreilles pour entendre, et un cœur pour sentir ! C'est le cœur qui mène au vrai.

PARIS

IMPRIMERIE BALITOUT, QUESTROY ET Cᵉ

7, rue Baillif, 7